読み聞かせをすることで……
こんな効果が期待できます！

- かしこい子になる
- 感性が豊かな子になる
- 落ち着いた心の子になる
- お母さんも幸せな気持ちになる

はじめに

よき人物とよき書物との出会いは人生を豊かにしてくれます。友人や仲間、先輩や師と仰げる人、愛する人、そして家族。私たちは様々なよき人物の影響を受けて、年月を重ねていきます。それは一生続きます。一方、よき書物もたくさんあります。中でも古典といわれるものには、時代を超えて変わらぬ普遍性があります。特に『論語』は古来、日本人の傍らにあり愛されてきた書物です。

現在の皆さんは、育児や仕事などに追われ、あっという間に一日が終わっていく、そんな日々でしょう。私も子育てをしていた頃、母から「お誕生日のプレゼントは何がいい？」と聞かれて、「時間が欲しい！」と答えたことがありました。今では笑い話ですが、当時は只々慌ただしい日々でした。

育児での迷いや人間関係での悩みは尽きることがありません。ちょっとしたことで悲しくなったり、落ち込んだり。思い通りにならない我が子に腹を立てたり。いろいろな感情が湧いてきます。でも無邪気な笑顔に癒やされ、天使のような可愛らしい寝顔に胸が熱くなったり。誰もがこんな経験をしていることでしょう。

親子共に豊かな人生を生きていくためには、親御さんの心が安定して穏やかなことも、とても重要ですね。安定しているとは、心の拠り所をしっかりと持ち、ぶれないということでしょう。その芯となるものを多くの先人たちが『論語』に求めてきました。今なお褪せることのない名文・名句に一緒に触れてみませんか。皆さんの精神的支柱になることと同時に、お子さんにとっては生きる力や考える力を育むことになるでしょう。

私が子どもたちを対象に、こども論語教室を始めたのは二〇〇五年のことでした。最初はお寺の一室をお借りして始めた小さな教室でしたが、おかげさまで十五年が経ったいまでは、全国二十か所以上で定例講座を開かせていただくまでになりました。これまで一緒に学んできた子どもたちの数は、二千人以上にもなります。

教室には、まだお母さまのお腹の中にいるうちから参加されるお子さんもたくさんいらっしゃいます。そういう子たちは、二歳くらいで『論語』の言葉を何も見ないで言えるようになるのです。

ただ、そういう子が天才ということではなく、スパルタ式の教育をされているわけでもありません。早くから皆に交じって素読をする音の波の中に浸ることで、『論語』の言葉がどんどん沁み込んでいくのでしょう。そしてそれが堰を切ったようにダーッと口を衝いて出てくるのが、どこの教室の子もほぼ二歳前後なのです。

このことは、「聞く」という行為がいかに重要かを示しているのではないでしょうか。人間の耳はとても早い時期から発達するので、子どもがまだお母さまのお腹にいる時期も含めて、周りの大人がいかによい言葉を聞かせるかが大事だと、祖父の安岡正篤もよく話していました。昔の人が、生まれた時を一歳とする数え年で年齢を数えていたのは、お母さまのお腹の中にいる時期がいかに大切かということを物語っていると思います。

周りの大人が気をつけてよい言葉を話すこと、よい言葉が耳に入る環境を整えてあげることはとても大事なことで、お子さんがまだお腹の中にいる頃からお母さまが『論語』のような優れた言葉に触れるのは、とても有効だと思います。

また、小さなお子さんが『論語』の言葉を言えるようになるのは、音が圧倒的にきれいだからなのでしょう。漢文独特のとてもよいリズムがあって、聞いていて心地よいと感じる。教室の中には、時々、熟睡(じゅくすい)している幼い子もいます。まだ字の読み書きができない時期は、純粋に音の世界を楽しめるのがよいところです。

目まぐるしく変化していく現代。効率を求められ、性急に結果を出すことを求められる中で、ゆっくりと時間をかけて育むもの、目には見えないけれど大事なものを見失うことなく、背筋を伸ばして生きていきたいですね。

迷いのない人生などあり得ません。皆、日々心を揺らしながら生きています。でもその迷いを受け止めてくれる、よき言葉を持っているかどうかが大切なのです。温かく包んでくれる言葉、励ましてくれる言葉、自信を持たせてくれる言葉。そんなよき言葉にたくさん出会ってほしいと思います。

もくじ

第3章 志

第4章 行い

第5章 言葉

装幀・本文デザイン：フロッグキングスタジオ
装画・挿画：河合美波

【この本の読み方】

① 書き下し文

②の原文を一定の決まりで読んだものです。お母さまがお腹の中の赤ちゃん（お子さん）に語りかけるように読み聞かせてあげましょう。言葉のリズムを楽しみながら、同じスピードで3回から5回、繰り返しましょう。

② 原文（白文）

『論語』は中国から伝わったので、もともとは漢字だけで書かれていました。読まずに飛ばしても構いません。（　）の中は編名を示しています。

③　現代語訳

いまの日本語にわかりやすく
言い換えています。

孔子先生がおっしゃった。
「上手に飾り過ぎた言葉の人や、うわべばかりかっこうつけた表情の人には、仁（本当の思いやりの心）が欠けているのです。」

人付き合いで本当に大切なもの

巧言令色は四字熟語です。巧言はお世辞、令色は作り笑顔のことです。どちらも心のこもっていないことを表します。

巧言令色が全くない世界はあり得ません。人付き合いをスムーズにするためには、ニコニコすることもあるし、多少のお世辞もあるでしょう。でも相手に嫌われたくないから、あるいは仲間外れになりたくないから、さらには何かしらの恩恵に浴したいという下心から、美辞麗句を並べるのは恥ずかしいことですね。

優しい気持ちや誠実さは、気づいてもらえない時もあるかもしれませんが、実は人にとって最も大切なものなのです。本当の思いやりの気持ちは、必ず通じるものです。

15

③　お母さまへのメッセージ

著者が、妊娠中や育児中の
お母さまに向け、『論語』
の章句をもとに子育てのコ
ツや心の持ち方のアドバイ
スをしています。

※「子曰く」の「曰く」という読み方は、
孔子先生への最高の敬意を込めた表現です。
孔子先生以外の人の言葉は「いわく」と読まれてきました。

第1章 仁

子曰わく、「巧言令色、鮮し仁。」

子曰、巧言令色、鮮矣仁。（学而一）

孔子先生がおっしゃった。

「上手に飾り過ぎた言葉の人や、うわべばかりかっこうつけた表情の人には、仁（本当の思いやりの心）が欠けているのです。」

人付き合いで本当に大切なもの

巧言令色は四字熟語です。巧言はお世辞、令色は作り笑顔のことです。どちらも心のこもっていないことを表します。

巧言令色が全くない世界はあり得ません。人付き合いをスムーズにするためには、ニコニコすることもあるし、多少のお世辞もあるでしょう。でも相手に嫌われたくないから、あるいは仲間外れになりたくないから、さらには何かしらの恩恵に浴したいという下心から、美辞麗句を並べるのは恥ずかしいことですね。

優しい気持ちや誠実さは、気づいてもらえない時もあるかもしれませんが、実は人にとって最も大切なものなのです。本当の思いやりの気持ちは、必ず通じるものです。

子曰わく、「剛毅朴訥、仁に近し。」

子曰、剛毅朴訥、近仁。（子路十三）

孔子先生がおっしゃった。

「心が強くしっかりしていて、口下手で飾りけがない人は仁者（とまではいかないが、それ）に近い人と言うことができる。」

口下手でも気にすることなし

剛毅朴訥も四字熟語です。剛毅は正しいことを決断し実行できる強さです。朴訥は口下手なことです。

やるべきことをきちんとできる、責任感が強い、進んで人に力を貸すことができる。こんな素敵な人があなたの周りにもいることでしょう。でもその人たちが皆、雄弁家というわけではないですね。人前で話すのは苦手、恥ずかしがり屋、自分のことは多くを語らない、そんな朴訥な人もいるでしょう。

言葉がすべてではないのです。たとえ朴訥でも、自分の考えをしっかり持ち、正しい行いができる人は信頼されます。温かいハートが人の心を打つのです。

子曰わく、「仁遠からんや。我仁を欲すれば、斯に仁至る。」

子曰、仁遠乎哉。我欲仁、斯仁至矣。（述而七）

孔子先生がおっしゃった。

「仁は私たちから遠くへだたったところにあるものだろうか。いや、そうではない。自分から進んで仁を求めれば、仁はすぐに目の前にやってくる。」

深呼吸して心を落ち着ける

仁は思いやりの気持ちや優しさを表します。誠実さと言ってもいいですね。孔子先生が最も伝えたかった大事なことと言えます。

私たちは皆、思いやりの気持ちを持って生まれてきます。せっかく持っているのですから、形にしないともったいないですね。でも日常の育児や家事に追われていると、思い通りにならないことにイライラしたり、なぜだか悲しくなったり。

そんな時は深呼吸して、少し心を落ち着けてみましょう。何があっても親は我が子に無償の愛を注ぎます。子どもは無邪気な笑顔と可愛らしい寝顔をプレゼントしてくれます。心の底にしまっていた仁は、すぐに蘇(よみがえ)ってくるはずです。

子曰わく、

「仁に里るを美と為す。択びて仁に処らずんば、焉んぞ知なるを得ん。」

子曰、里仁為美。択不処仁、焉得知。（里仁四）

孔子先生がおっしゃった。

「仁の心を大切にするという態度が美しいのだ。自分で選んで、仁から離れてしまっては、どうして知恵のある立派な人と言えようか。」

ほんの少し勇気を出してみる

仁を心の真ん中に置いた生き方は、なんと美しいのでしょう、という意味です。どんな時でも、思いやりや優しさは大事にしたいですね。たとえばつらいことや悲しいことがあったり、大きな悩みを抱えている時には、人を思いやる余裕を持てませんね。でもこんな状況でも発揮できるのが、本物の優しさなのでしょう。

優しさを形にするのは恥ずかしい時もあります。そんな時には、ほんの少し勇気を出してみましょう。きっとあなたの優しさが伝わるでしょう。人から優しくされると誰でも嬉(うれ)しいですね。じんわりと心に染みた温かさを大切にできたら、今度はその温かさをあなたが人に伝えてあげてください。優しさが広がっていくはずです。

子曰わく、「苟しくも仁に志せば、悪しきこと無きなり。」

子曰、苟志於仁矣、無悪也。（里仁四）

孔子先生がおっしゃった。

「もしも、世の中の人々が仁を目指して努力さえするならば、世の中の悪いことはなくなるのだ。」

ささいなことでイライラしない

思いやりや優しい気持ちの大切さを、みんなが理解し実行できたら、こんなにいいことはありませんね。でも人の気持ちは複雑です。いつも安定して穏やかなわけではありません。人のことを羨んだり、落ち込んだり、ささいなことでイライラしたりします。そんな時こそ、この章句を思い出してほしいのです。

もしも仁の大切さに気づいたなら、それをあなたらしい形で表してみましょう。家族でたくさん話をする時間を持つことも、ゆっくりと絵本を読んであげるのも心豊かなひとときになりますね。小さな仁が重なり合って、温かい時間と空間がじんわりと波紋のように広がっていきます。

子曰わく、

「之を愛しては、

能く労すること勿からんや。

焉に忠にしては、

能く誨うること勿からんや。」

子曰、愛之、能勿労乎。忠焉、能勿誨乎。（憲問十四）

孔子先生がおっしゃった。

「本当に人を愛したならば、どうしていたわり、励まさないことがあろうか。その人に対して真心があるならば、どうして心を込めて教え導かないことがあろうか。」

受けてきた愛情を注いであげる番

親の気持ちは、自分が親になって初めてわかるといわれます。きっと皆さんは、今まさに実感されていることと思います。愛しているからこそ無関心ではいられないのです。困難なことがあれば無事に乗り越えてほしいと願い、自分の知識や経験を語りたくなるのですね。

中高生の頃は素直になれずに、親や先生に反発していませんでしたか。何があっても信じ、庇（かば）い、許してくれるのが、親の愛ですね。今まで受けてきた愛情を、今度は皆さんがお子さんたちに注いであげる番です。時には離れて見守りながら。愛されて育ったら、必ず人を愛せる人になるでしょう。

コラム

❶

子どもたちに人気の章句

◆巧言令色、鮮し仁。

◆辞は達するのみ。

◆子、四を以って教う。文・行・忠・信。

◆之を知る者は、之を好む者に如かず。之を好む者は、之を楽しむ者に如かず。

◆故きを温ねて新しきを知れば、以って師と為るべし。

◆学んで時に之を習う、亦説ばしからずや。朋有り、遠方より来る、亦楽しからずや。人知らずして慍らず、亦君子ならずや。

子どもたちに特に人気のある章句です。声に出して読んでみてください。

どれもテンポがよく、リズミカルです。音で体に入った名文・名句は一生の宝物です。

体験談を学べます

人生を支える言葉に
出逢えます

【深い哲学】

古典や歴史の考えを通じて、
ものの見方・考え方が
深まります

【心の栄養】

読むほどに生きる喜び・
希望・勇気・知恵・感動・
ときめきを得られます

「いつの時代でも仕事にも人生にも真剣に取り組んでいる人はいる。
そういう人たちの心の糧になる雑誌を創ろう。」

『致知』の創刊理念です。

詳細はホームページへ　致知　本 

を決めるのも人の心です。私は京セラ創業直後から人の心が経営を決めることに気づき、それ以来、心をベースとした経営を実行してきました。我が国に有力な経営誌は数々ありますが、その中でも、人の心に焦点をあてた編集方針を貫いておられる『致知』は際だっています。

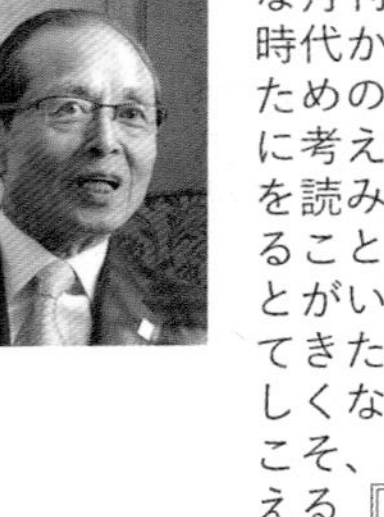

な月刊誌だと思う。私は選手時代から監督時代まで、勝つためのよりベストな方法を常に考え続けてきたが、『致知』を読み続ける中で自分を高めること、人の生き方に学ぶことがいかに大切かを教えられてきた。他人を慮ることが難しくなったいまの時代だからこそ、人間学のエキスとも言える『致知』をもっと多くの人たちに読んでいただきたい。

ご購読のお申し込み・お問い合わせ

電話 03（3796）2111 受付時間 9時～19時（平日）

MAIL books@chichi.co.jp

インターネットでのお申し込み（クレジットカード決済可）
https://www.chichi.co.jp/specials/books_chichi/

〒150-0001 東京都渋谷区神宮前 4-24-9 株式会社致知出版社

『致知』は書店ではお求めいただけません

人間力を磨きたいあなたのお手元に、『致知』を毎月お届けします。

- ✓口コミで累計約130万人が愛読
- ✓経営者・会社員・主婦・学生等幅広い読者層
- ✓定期購読でお手元に届くため、忙しい方にこそおすすめ

定期購読は1年と3年からお選びいただけます

1年間（12冊）	3年間（36冊）
10,500円（税・送料込）	**28,500円**（税・送料込）
~~定価13,200円~~	~~定価39,600円~~

ご推薦の言葉

人間学を学ぶ月刊誌

定期購読のご案内

致知出版社の本は、月刊『致知』から生まれています

月刊『致知』は「生き方」を学ぶための定期購読誌です

【不易と流行】

人生や仕事を発展させる
普遍的な法則と共に、
時流にタイムリーな教養を

【本物主義】

第2章

学ぶ

子曰わく、「学びて思わざれば、則ち罔し。思いて学ばざれば、則ち殆し。」

子曰、学而不思、則罔。思而不学、則殆。（為政二）

孔子先生がおっしゃった。

「人から学んだだけで、自分で考えてみることをしないと、何もはっきりとはわからない。一人で考え込むだけで広く学ばなければ、狭く偏って(かたよ)しまう危険がある。」

バランスのいい人になることが大事

我が子に対する親の気持ちは、ついつい欲張りになりがちですね。よく学ぶ子になってほしい、勉強好きな子になってほしいと願う一方で、いろいろなことに興味を持ってほしい、想像力豊かに育ってほしい、こんなふうに願うこともあります。親なら誰もが願うことですね。

孔子は、バランスのいい人になることが大事だと言っています。学んだことは、自分でよく考えてみる。あれこれと思いを巡らせたら、その考え方が正しいかどうか、学んで確かめてみる。学習と思考のバランスですね。たとえば言葉と行いや、内面と外見など、バランス感覚はいろいろなところに活かせますね。

子曰わく、「我は生まれながらにして之を知る者に非ず。古を好み、敏にして之を求めたる者なり。」

子曰、我非生而知之者。好古敏以求之者也。（述而七）

孔子先生がおっしゃった。

「私は生まれた時から、どのように生きたらよいかという人の道について知っていたわけではない。（ただ）古くから求め続けられた仁を好み、素早く学習に励んで（それを）求めることができただけである。」

小さな積み重ねで人生は豊かになる

知識が豊富な人や優れた技術を身につけている人。こんな人に出会うと「素晴らしいなぁ」と感心する一方で「とても私にはできないわ」「もともと、才能があるからできるのよね」と感じてしまうこともありますね。孔子もそんなふうに思われていたようです。でも、自分は生まれながらの天才などではなく、古典が大好きで、貪欲に求めているうちに、いつの間にか豊かな教養が身についたと言っています。

人は生まれた時には大きな差はありません。興味を持ったことを追求し続ける、わからないことはそのままにせず、速やかに調べて解決する。こんなちょっとした心がけで、人生は豊かになっていきます。

子曰わく、
「之を知る者は、
之を好む者に如かず。
之を好む者は、
之を楽しむ者に如かず。」

子曰、知之者、不如好之者。好之者、不如楽之者。(雍也六)

孔子先生がおっしゃった。

「あることを知っているだけの人よりも、それを好きになった人の方が優れている。それを好きになった人よりは、そのことを楽しんでいる人の方がもっと優れている。」

知ることはスタートライン

知らなかったことを知る、「なるほど、そうだったのか」と納得できる、そんな瞬間の喜びは忘れられないですね。この気持ちこそが大事なのです。

知ることはスタートラインです。知ったらそこから興味の持てるもの、好きなものが見つかるでしょう。好きになったら、自然に前向きに取り組めるようになります。少々の困難も乗り越える強さが育まれるはずです。

知って、好きになる。孔子はこの先にある境地を、楽しむという言葉で表しました。夢中になって頑張っているうちに、いつか楽しんでいる。そんな気持ちになれたら素晴らしいですね。親子共に知る経験をたくさんできたらいいですね。

子曰わく、
「三人行えば、必ず我が師有り。
其の善なる者を択びて
之に従い、
其の善ならざる者にして
之を改む。」

子曰、三人行、必有我師焉。択其善者而従之、其不善者而改之。（述而七）

孔子先生がおっしゃった。

「三人が行動すれば、その中には必ず自分が学ぶべき師がいる。その中の善い人を選んでそれを見習い、善くない人を見ては、（わが身を反省して）改めるからだ。」

自分に重ねて考えてみる

複数の人が行動を共にすると、その中に必ずお手本となる人がいる、と孔子は言いました。「あんなふうに優しい言い方ができたらいいなぁ」「あの人、いつもきちんとしている」と見習いたくなる人がいます。

私たちは、人のいいところを見つけるのは上手なのですが、その反対はどうでしょう。「あんなことしたら恥ずかしいわよね」「あの人、いつも時間に遅れて来るのよ」他人事のように、人の欠点を話題にしていませんか。

よくないことを見た時に「自分も同じことをしていたのではないか」「これから自分も気をつけよう」と自分に重ねて考えることの方が大事なのです。

子曰わく、「教え有りて類無し。」

子曰、有教無類。（衛霊公十五）

孔子先生がおっしゃった。

「この世ではどんな教育を受けたかによる違いは生じるが、人間に、生まれつきの上中下といった種類などというものはない。人はすべて平等であり、善い教育を受ければ誰でも立派になれる。」

素敵な人からよい影響を受ける

類無しは、種類がない、つまり皆同じということを意味します。人は皆、よい資質をたくさん持って生まれてきます。でも残念なことに大人になった時には差が生じてしまいますね。人を傷つけても平気な人、嘘をつく人がいます。

皆さんの周りには、信頼できる人、尊敬できる人、そばにいるだけで心穏やかになる人、そんな素敵な人がいるはずです。そういう人に出会ったら、その人のそばにいて、よい影響をたくさん受ける、それこそが大事なのです。人物から学ぶということです。お子さんにとっては、一番身近にいる皆さんがよい影響をいっぱい与えられる大切な存在なのです。

子曰わく、
「由、女に之を知るを誨えんか。
之を知るを之を知ると為し、
知らざるを知らずと為す。
是れ知るなり。」

子曰、由、誨女知之乎。知之為知之、不知為不知。是知也。（為政二）

孔子先生がおっしゃった。

「由（子路）よ、お前に知るということについて教えよう。分かっていることは分かっている、わからないことは分からないと、はっきりさせること、それが知るということなのだ。」

知ったかぶりはしない

由は孔子の弟子の中では最年長で、先生と長年苦楽を共にしてきました。入門する前は任侠道に生きていた武勇の人です。やや学問に苦手意識があり、時々知ったかぶりをしてしまったようです。そんな彼に孔子が言った言葉です。

私たちも知らないことを恥ずかしいと思い、つい知ったかぶりをすることがありますね。でも知らないことは恥ずかしいことではなく、これから学べばいいのだと、孔子は由を励ましています。自分がまだ理解していない点をはっきりさせれば、何を学べばいいのかがわかりますね。わかったふりをしたために、本当に学ぶこと、知ることの楽しさを味わえなかったら、もったいないですね。

コラム
❷

読み聞かせのコツ

お父さま・お母さまが落ち着いて穏(おだ)やかな気持ちの時に、はっきりとした発音でゆっくりと読んであげるといいでしょう。お子さんが興味を示さなかったり嫌がった時には無理をせず、別の機会にしましょう。

お子さんも一緒に声を出して読む時には、お子さんの好きな章句やお父様・お母様の好きな章句をお互いに選んで、音読したり素読(そどく)したりするのもいいですね。

たとえば毎朝好きな章句を一つだけ声を出して読んでから、幼稚園に登園(とうえん)するというお子さんもいます。あるいは、寝る前に三つの章句を読んで、解説文の部分はお父さまやお母さまが読んであげるというご家庭もあります。それぞれの読み方や楽しみ方があります。継続して章句に触れていると、そのご家庭らしいスタイルが自然にできていくことでしょう。気負わずに、お父様・お母様が楽しむことが大切です。

＊素読とは、書物、特に漢文を先生のあとについて大きな声で読むことです。

第3章

志

子曰わく、「君子は上達し、小人は下達す。」

子曰、君子上達、小人下達。（憲問十四）

孔子先生がおっしゃった。
「君子はより高いものを目指して向上するが、小人は反対に、程度の低いものを求めて、よくないものを得てしまうものだ。」

目線はいつも上向きに

孔子は人の生き方を、上達と下達という言葉で表しました。矢印で表すと、上向きと下向きになりますね。とても明解です。お子さんとの日々を充実させたいと願い、育児に奮闘することも、子育てから手が離れた時のために少しずつ自分磨きをすることも、みな上向きの姿勢ですね。そこには志や努力があるからです。

一方、損得だけで行動したり、楽な方ばかりを選んでいると、そのような価値観の人としか出会えなくなります。それは残念なことですね。矢印は下向きです。

目線はいつも上向きでありたいものです。皆さんの前向きな明るい姿が、お子さんに安心感と元気を与えるのです。

志

子曰わく、

「道に志し、徳に拠り、仁に依り、芸に游ぶ。」

子曰、志於道、拠於徳、依於仁、游於芸。（述而七）

孔子先生がおっしゃった。

「人は正しい道を身に付けようと求め続け、それによって得た徳という高い品性を拠り所とし、また仁という人間愛に頼りすがって、そのうえで、豊かな教養の世界を気ままに楽しむ。（これがまさしく君子の姿なのだ）」

今より少しでも前に進みたいと思う

人は誰もが良い資質をたくさん持って生まれてきます。その良いものを活かさなければ、もったいないですね。

そのためにはまず大切なことは志を持つことです。遠い将来の姿を描くのが難しければ、来年の今頃はこんなふうになっていたいな、と思いを巡らせるだけでも構いません。今の自分より少しでも前に進みたいと思うことが肝心です。そこからすべてが始まります。

でも自分の目標達成のために、周りが見えなくなってはいけませんね。人の気持ちに寄り添える優しさや誠実さも大切にしてください。お子さんと一緒に歩む長い道のりの途中です。時には心も体も休めることを忘れずに。

子曰(しのたま)わく、

「朝(あした)に道(みち)を聞(き)かば、
夕(ゆう)べに死(し)すとも可(か)なり。」

子曰、朝聞道、夕死可矣。（里仁四）

孔子先生がおっしゃった。

「ある日の朝、仁の道がわかったら、私はその晩に死んでしまっても構わない。」

答えは自ら探すもの

人は何のために生きるのか、生きるとはどういうことなのか。私たちはこのようなことを意識せずに、慌ただしく毎日を過ごしているように思います。改めて生きる意義を聞かれて、明確に答えられる人はいないでしょう。

孔子も誰かがその答えを教えてくれたら、生きる意味がないと言いました。答えは自分で探すのです。つまり探し続けることが生きることなのです。

目の前にいるお子さんの笑顔、泣き顔、寝顔。嬉しいことも、イライラすることも、ちょっとしたことに感動できるのも、懸命に生きているからこその幸せですね。こんな日々を重ねていくことが、よき人生をつくっていくことになるのです。

子曰わく、

「学んで時に之を習う、亦説ばしからずや。

朋有り、遠方より来る、亦楽しからずや。

人知らずして慍らず、亦君子ならずや。」

子曰、学而時習之、不亦説乎。有朋、自遠方来、不亦楽乎。人不知而不慍、不亦君子乎。（学而一）

孔子先生がおっしゃった。

「学習したら、そのことについていつでも時間さえあれば復習する。なんとそれは嬉しいことではないか。同じ志を持つ友人が遠方からやってきて語り合える。なんとそれは楽しいことではないか。誰も自分の実力を理解してくれなくても、不平不満に思わない。それこそ立派な君子ではないか。」

三つの大事なこと

これは『論語』の冒頭の章句です。『論語』の大事な三つの要素が、ぎゅっと一つにまとまっています。学ぶ喜び、良き友人、君子＝理想の人物。この三つです。

学校の教科もお稽古事もスポーツも、教えていただいたら、あとは自分で考えたり、練習するしかありませんね。努力は誰にも代わってもらえません。諦めかけたり、挫折しそうな時もありますね。そんな時に共に頑張り、励まし合える仲間がいたら、こんな心強いことはありませんね。心通じる仲間がいたら、たとえ評価されなくてもぶれることなく、理想に向かって努力し続けられるでしょう。

孔子が説いたこの三つの要素を、私たちも大事にしたいですね。

子、四を以って教う。

「文、行、忠、信。」

子、以四教。文・行・忠・信。（述而七）

孔子先生は常に次の四つのことを大切なこととして教育された。

「学んだことは実行する。そしてその時に誠実さと信頼は忘れてはいけない。」

四つで一組のバランス

文、行、忠、信。声に出して読んでみてください。とてもリズムがよく、弾んだ感じがします。お子さんたちにも人気の章句です。孔子が弟子たちに語った数々の言葉も、この四つの漢字に集約されます。学ぶこと、そして学んだことは必ず実践すること。その時にまごころと誠実さを忘れないように。

学ぶことは、学校で習う教科だけではありませんね。人からも経験からも学ぶ機会はたくさんあります。身につけたものは、日常の生活の中で活かしてこそ意味があります。優秀で実行力のある人も素晴らしいですが、温かさや優しさに、人は心惹かれるものです。文、行、忠、信。四つで一組です。バラバラにならないように。

コラム
❸

こども論語塾に参加しての感想

・学生時代に学んだ『論語』と、子どもたちが読んでいる『論語』が、同じものとは思えない。新鮮で改めて内容の深さに気づいた。
・『論語』は古くてつまらないものだと思っていたが、子どもたちが楽しそうに読んでいる姿に感動した。
・いつか子どもたちの生きる力になると信じている。
・偉人と言われる人たちには『論語』を読んでいる人が多いので、自分の子どもにも読ませたいと思った。
・子どもの暗記力にはかなわない！
・学校の勉強、お稽古事だけでは足りないものがあるのではないかと、ずっと考えていた。論語塾に通うようになり、足りないものを埋められるのではないかと模索中。
・子どもより親が楽しんでいる。

お子さんと一緒に『論語』に触れた方々も、想いは様々です。誰にでも寄り添ってくれるのが古典の魅力です。

第4章

行い

子曰わく、「人にして遠き慮り無ければ、必ず近き憂い有り。」

子曰、人無遠慮、必有近憂。（衛霊公十五）

孔子先生がおっしゃった。

「もし、遠くまで見通す、深い考え方ができない人がいたら、必ず身近なことで困ったことが起こってしまうに違いない。」

見通しをもって導いてあげる

この章句は見通しを持つことの大切さを言っています。幼いお子さんたちに説明する時に、私はイソップ童話のアリとキリギリスの話を必ず引用します。「先のことを考えて準備していたのはどちらですか？」と聞くと、元気よく全員で声を合わせて「アリさ〜ん！」と答えてくれます。その通りですね。

お子さんの進む道を先回りして危険を取り除いておくことは、必ずしもいいことではありませんが、見通しを持てるように導いてあげることは大事ですね。見通しはどんな場面でも必要です。仕事も人生も。もちろん育児にも。たとえば相手の気持ちを察するのも遠き慮りですね。孔子の言葉はまさに普遍です。

※なお、遠慮という熟語は、この章句が出典です。

子曰わく、

「過ちて改めざる、
是れを過ちと謂う。」

子曰、過而不改、是謂過矣。（衛霊公十五）

孔子先生がおっしゃった。

「過ちを犯してしまって、それをそのままにして改めないのが、それこそ、本当の過ちというものだ。」

「ごめんなさい」を言える勇気

子どもの頃には、素直に言えた「ごめんなさい」が、大人になると言えなくなる、そんなふうに感じたことはありませんか。言い訳を考えたり、どうにかごまかせないかと知恵を絞ってみたり。計画通りに進んでいないことに気づきながらも、やりながら修正していけばいいや、と自分に言い聞かせて継続して、結局大失敗。

忘れ物をした小学生が、正直に先生に言えず、その日は一日中ばれないかとドキドキして、ずっといやな気持ちだった、と体験談を話してくれました。

お子さんが素直に自分の過ちを認めた時には、その勇気を十分に受け止めてあげましょう。そして大人もほんの少しの勇気を出して正直になれたらいいですね。

子曰わく、「人の己を知らざるを患えず。人を知らざるを患う。」

子曰、不患人之不己知。患不知人也。（学而一）

孔子先生がおっしゃった。

「人が自分の実力を理解してくれなくても嘆くことはない。他人の実力を自分が見極められないことをこそ、心配するのです。」

お友達のことも一緒に褒める

人は誰でも、正しく評価してほしい、認めてほしいという欲求を持っています。お子さんたちは、そんな欲求をとても正直に表しますね。たとえばスイミングスクールでは、多くの保護者の方々が我が子の泳ぐ姿を見学しています。プールから上がってきたお子さんたちは、ママやパパに褒め(ほ)てほしくて、ニコニコしながら駆け寄ってきます。我が子の頑張りや努力を認めて、一緒に喜ぶことはとても大事です。でもその時に「〇〇ちゃんも頑張ってたね」と、お友達のことも褒めてあげられたらいいですね。人と比べる必要は全くありませんが、人のことを正しく温かい目で見ることは、親子共々できるようになりたいですね。

孟武伯、孝を問う。

子曰わく、

「父母は唯其の疾を之憂う。」


孟武伯、問孝。子曰、父母唯其疾之憂。（為政二）

孟武伯が、親孝行について孔子先生に尋ねた。
すると孔子先生がおっしゃった。

「父母は、何よりもただ子どもの病気のことばかり心配するものだ。（だから親孝行とは健康第一に心掛けることだ）」

元気でいることが一番の親孝行

二千五百年前にも、どうしたら親孝行できるのかと悩んでいた人がいたことを知ると、親近感が湧きますね。親孝行というと、親に何をしてあげたらいいかと考えがちです。でも孔子は自分自身が怪我（けが）もず病気にもかからず、元気でいることが何よりの親孝行だと言いました。我が子の無事を祈らない親などいないのです。「行ってきまーす」と元気よく出かけてから、「ただいま」と帰ってくるまで、親はずっと心配しているものです。たとえ仕事をしていても、何をしていても。

無邪気な笑顔がいつも当たり前に傍（そば）にあることが、最高の親孝行なのです。親になってはじめて実感することですね。自分を大事にすることを心掛けつつ、親への感謝も忘れてはいけないですね。

子曰わく、「性、相近し。習い、相遠し。」

子曰、性、相近也。習、相遠也。（陽貨十七）

孔子先生がおっしゃった。

「人の生まれつきというものは、誰も似たり寄ったりで大きな差はないのだ。生まれた後の習慣や学習の違いによって、その差が大きくなってしまうのだ。」

良い習慣は幼いうちに

良い習慣を身につけることで、もともと持っていた良い資質がさらに磨かれる、と孔子は言いました。良い習慣があるかないかで、人生は大きく変わります。

挨拶(あいさつ)は最も大事な習慣と言えますね。「おはよう」って声をかけたら「おはよう」と返ってくるのが当たり前ですね。どんなに優秀な人でも、挨拶ができない人とは仲間になれないですね。たとえば座っていた椅子を、立った時にきちんと机の下にしまえるか、食後の食器をまとめたり、下げたりできるか。自分の持ち物を大切にできるか、ささいなことのようでも、良い習慣は結局自分を豊かに幸せにしてくれます。幼い時に良い習慣を身につけさせてあげたいですね。

コラム
❹

『論語』を読んでいるお子さんのエピソード

ある幼稚園での出来事です。

その幼稚園では『論語』の時間がありました。卒園した男の子のお母さまが、ある日幼稚園にいらして、家での出来事を話してくださったそうです。

入学した小学校には、いじめっ子のAくんがいたそうです。

男の子「Aくんは『論語』の本、持ってないのかなぁ?」
ママ「ちがう幼稚園から来てるから、持ってないんじゃないかしら」
男の子「ぼくの本、貸してあげようかな」
ママ「どうして?」
男の子「だって『論語』の本を読んだら、おともだちをいじめたりしないでしょ」

『論語』を読んだからといって一体何になるんですか、というご質問を受けることがありますが、このエピソードにすべての答えがあるように感じます。どんな解説よりも、心に響きます。

*このエピソードは、龍光院寸松塾文集『このしっぽとまれ2』に掲載されたものです。

第5章

言葉

子曰わく、「君子は言に訥にして、行に敏ならんことを欲す。」

子曰、君子欲訥於言、而敏於行。（里仁四）

孔子先生がおっしゃった。

「君子は言葉がうまくなくても、行動は機敏でありたいと願うものだ。」

行いの中に見える その人らしさ

人前に出ると緊張してしまい、うまく話せない人、日頃は無口だけれど、言うべき時には自分の意見をはっきりと言える人。話上手な人。言葉は人それぞれですが、行いは敏速でありたいですね。でも早いだけではなく、丁寧さや温かさがあるといいですね。たとえばデスクがいつも片付いている、物を大切にする、人の話を真剣に聞く、わからないことはそのままにしない。たとえ口下手でも、行いの中にその人らしさが見えるものです。そしてそれが信頼につながっていくのでしょう。黙々と何かに夢中になっているお子さんの姿も同じかもしれませんね。言葉がなくても通じるものはたくさんあります。

子曰わく、
「古の者の
言に之出さざるは、
躬の逮ばざるを
恥ずればなり。」

子曰、古者言之不出、恥躬之不逮也。（里仁四）

孔子先生がおっしゃった。

「昔の人々が（何事につけても軽はずみに）言葉に出して言わなかったのは、自分自身が（そのことを）実行できるかどうかについて自信のないことを恥じたからである。」

言ったことは必ず実行する

　恥ずかしいという感情はどんな時に湧いてくるのでしょう。失敗した姿を見られた時、自信を持って話していたことが間違っていた時。人によって違うでしょう。「忘れちゃった」「また失敗しちゃった」「今度までにはやっておくから」。私たちは物事を簡単に考え過ぎていないでしょうか。できないことは言わない、言ったことは必ず実行する、古の人の考えははっきりしていますね。言葉の重みを知っていたから寡黙だったのでしょう。

　自分の言葉に責任を持つことも大切ですが、人の話を真剣に聞くことも同じくらい大事ですね。一生懸命に語るつぶらな瞳から目をそらしてはいけないですね。

子曰わく、
「与に言うべくして之と言わざれば、人を失う。
与に言うべからずして之と言えば、言を失う。
知者は人を失わず、亦言を失わず。」

子曰、可与言、而不与之言、失人。
不可与言、而与之言、失言。知者不失人、亦不失言。（衛霊公十五）

孔子先生がおっしゃった。

「語り合う価値のある人に、（遠慮して）語りかけないのは、大切な交友の機会を失うことになる。（反対に）語り合う価値のない人と話せば、言葉の上での失敗を犯すことになる。知者は、大切な人との出会いを逃すことなく、また失言することもない。」

心響き合える人と時間をともに

「この人と話したい！」と思える人に出会ったら、くっついて離れない、そのくらいの勢いでぶつかりなさい、と嘗て恩師が私に話してくださいました。先生らしい解説で、今も心に強く残っています。出会いは一瞬。遠慮はいりません。声をかけずに後悔するよりは、自分の気持ちを伝えてみましょう。ほんの少しの勇気を出して。

反対に語る相手を間違えると、自分の望まない結果になってしまいます。人の噂話をしたり、その場にいない人の批判をしたり。自分はそんなつもりはなくても、その場にいれば仲間のように見られてしまいます。育児に追われている時こそ、貴重な時間は心響き合える人と過ごしたいですね。

子曰わく、
「辞は達するのみ。」

子曰、辞達而已矣。（衛霊公十五）

孔子先生がおっしゃった。

「言葉というものは、相手にその意味を十分に伝えるようにすることこそ大切なのだ。」

美しい言葉が人生をつくる

この章句からは、孔子の言葉への強いこだわりが伝わってきます。私たちは言葉をどのくらい意識しているでしょう。たとえば「嬉しい」という言葉は様々な場面で使いますね。憧(あこが)れの人に会えるドキドキ感、試験が終わった時の解放感、目標達成した時の満足感、一家団欒(いっかだんらん)の幸福感。これらの違いを豊かに表現できたらいいですね。そのためには優れた言葉をたくさん持っていることが大事です。

お子さんとお食事をしている時に「美味(おい)しい？」と聞くより「どんな味がした？」と聞いてあげた方が会話が広がりますね。きっと語彙(ごい)も増えるでしょう。言葉はその人を表すと言います。美しい話し方ができたらいいですね。

コラム

❺

『論語』に由来する慣用表現や熟語

・過ぎたるは猶及ばざるが如し。

物事が程度を超えていることは、足りていないことと同じくらいよくないこと。やり過ぎも足りないのも、どちらもよくないことを意味しています。（先進十一）

・一を聞いて以って十を知る。

物事の一端を聞いただけで、その全体像を理解できるほど優れていること。（公冶張五）

・鶏を割くに焉んぞ牛刀を用いん。

小さなことに対応するために、大人物を用いたり、大げさな方法を取る必要はない、という意味。（陽貨十七）

・不惑　「四十にして惑わず」から四十歳を表す。（為政二）

・敬遠　「鬼神を敬して遠ざく」から「神を敬うが、ほどほどの距離を保ち、頼らない」という意味。転じて現代では「うわべでは敬う態度をとりながら、実際には距離を置こうとすること」。（雍也六）

書店名にも『論語』由来のものがあります。

・有隣堂　「徳は孤ならず。必ず隣有り」（里仁四）

・三省堂　「吾日に吾が身を三省す」（学而一）

第6章

理想の人

子曰わく、

「君子は義に喩り、小人は利に喩る。」

子曰、君子喩於義、小人喩於利。（里仁四）

孔子先生がおっしゃった。

「君子は、それが正しいか、正しくないかで物事を判断するが、小人は、利益があるかないかですべてのことを判断する。」

正しいことは何か
その一点で決める、

私たちの毎日は、選択したり決断することの連続ですね。それが大きな事柄なのか、小さな悩みなのかの差はあったとしても。たとえばお子さんのお稽古事だって、水泳なのかサッカーなのか、いつから始めるのか、どの先生がいいのか。悩みは尽きません。そんな時はどのように判断したらいいのでしょう。

孔子の判断基準は一貫しています。正しいことは何なのか、で決めるのです。どれが得かな、楽ができるかな、で選んではいけないのです。

今一番大切なことは何なのか、あるいは今は何もしないという選択肢もあるかもしれませんね。選んだ理由をきちんと話せれば、それが正しい選択なのです。

曽子曰わく、
「君子は
文を以って友を会し、
友を以って仁を輔く。」

曽子曰、君子以文会友、以友輔仁。（顔淵十二）

曽子が言った。
「君子は、（詩書礼楽などの古典の）学習のために友人を集め、その友人のおかげで、仁の徳を磨くことができたのだ。」

仲間と一緒に学ぶ

学び方には二通りあります。自分一人でひたすらに頑張ること。もう一つは仲間と一緒に学ぶということです。どちらも必要ですね。

今まさに勉強に没頭している時に「ねぇねぇ、わからないところがあるから教えてよ」と後輩や友人に声をかけられたらどうしますか。「面倒くさい！」。多くの人がそう思うでしょう。でもそこで手を止めて相手をしてあげた時にこそ、あなたの思いやりの心や誠実さが大きく育まれていくのです。

人とのかかわりは、煩わしいこともあります。でも言葉や表情、胸の内など、接して初めて感じられることがたくさんあります。人が自分を磨いていてくれるのです。

子曰わく、
「故きを温ねて新しきを知れば、以って師と為るべし。」

子曰、温故而知新、可以為師矣。（為政二）

孔子先生がおっしゃった。

「昔の人の教えや過去のことについて学習し、そこから新しい考え方や取り組み方を見つけられれば、人を教える先生となることができる。」

経験者に話を聞いてみる

日々の生活は、慌ただしく過ぎていきます。仕事や育児、ご近所付き合いや様々なことに優先順位をつけながらこなしていきます。その中には初めて経験することもあるでしょう。苦手なことを後回しにしてしまい、気が重い時もありますね。

そんな時は少し立ち止まって、経験者の話を聞いてみましょう。コツを伝授してもらえるかもしれません。先輩たちの人のやり方や考え方を知ることは、必ず役に立つはずです。

そのようにして得た知恵や解決方法は、実践しないともったいないですね。人生万象の悩みの答えは、すべて過去にあるといわれます。新しいことに挑戦する時こそ、過去を振り返る余裕を持ちたいですね。

子曰わく、
「君子は泰かにして
驕らず。
小人は驕りて
泰かならず。」

子曰、君子泰而不驕。小人驕而不泰。（子路十三）

孔子先生がおっしゃった。
「君子はゆったりと落ち着いていておごり高ぶらないが、小人は反対におごり高ぶっていて、ゆったりとした落ち着きがない。」

心に余裕を持つ

泰（たい）はものが豊富にあることを表すのではなく、心に余裕があることを意味しています。どんな時にもゆったりと穏やかでいられたらいいのですが、実際にはなかなかできませんね。拠（よ）り所となる考え方を持っていると心が揺れなくなるのかもしれません。誠実であること、志を持つこと、人を愛せること。拠り所となるものは、人それぞれでしょう。

一番身近にいる大人が心穏やかで笑顔でいられたら、お子さんもきっと安心しますね。人と比べる必要もないし、威張った態度をとる必要もありません。慌ただしい毎日だからこそ、心安らぐ時間をつくりたいですね。

子曰わく、
「徳は孤ならず、必ず隣有り。」

子曰、徳不孤、必有隣。（里仁四）

孔子先生がおっしゃった。
「徳（正しいことができる力）を身につけた人は、ひとりぼっちにはならない。近くに住んで親しんでくれる人がきっと現れるものだ。」

見ていてくれる人は必ずいる

正しいことをしているのに、「融通が利かないなぁ」「馬鹿正直だなぁ」と言われ、孤独を感じることがあります。損得だけで人付き合いをしたり、要領よくやっている人が高い評価を得るのを見ると、世の中は理不尽だと思います。でもだからといって自分も適当にやろう、とは思わないでしょう。

誠実さを大切にして、やるべきことを丁寧にやっていれば、必ず見ていてくれる人はいるのです。そっと寄り添ってくれる仲間が現れるので大丈夫です。反対に悩んでいる人や、孤独を感じている人がいたら、自分が寄り添ってあげる人になりたいですね。心通じる仲間の存在ほど心強いものはありません。

『論語』と孔子について

『論語』は、中国の思想家・孔子の言行や、弟子たちとのやり取りなどを記録した書物です。孔子の死後、弟子たちによって編纂されました。二十編約五百章句からなり、これらに触れることによって孔子の考え方や人柄を知ることができます。

では孔子とはどんな人物だったのでしょうか。約二千五百年前に中国の魯という国で生まれた思想家であり、学者・教育者でもあります。当時は春秋時代といい、政治が腐敗し始めて道義も廃れかけていました。そんな時代に生まれた孔子は、若くして両親と死別するという厳しい環境にもかかわらず、「よい国造りをしたい」という大きな志を立てました。そしてひたすらに学び、やがて弟子たちを抱え、教育者としても尽力します。

孔子の思想の根本は、仁——思いやりの心——こそが、人にとって最も大切だということです。実に簡潔で分かりやすいですね。知識や能力があっても、仁のない人になってはいけない、と繰り返し弟子に語っています。『論語』に出てくる「君子」は、孔子が目指す理想の人物のことです。

『論語』は日本では江戸時代に盛んに読まれるようになりました。各藩の藩校や寺子屋で子どもたちが、先生と一緒に読みました。まず先生が先に読んで、その後を子どもたちが大きな声でついていきます。素読（そどく）という読み方です。漢文独特の美しいリズムによって、名文・名句が体の奥に沁み込んでいきます。それは長い年月をかけて、お子さんたちの中で熟成されていきます。やがてそこに知識や経験が重なって、生きる力や考える力になっていきます。志を持ち、それを成し遂げる強い精神力や仲間を思う温かささえも育んでくれます。

おわりに

『論語』の章句に実際に触れてみて、いかがだったでしょうか。『論語』は古くて難しい、堅苦しそうで興味がない。こんな印象をお持ちの方もいらしたと思います。でもお子さんに読み聞かせるために、あるいは一緒に読むために、声を出して読んでみると、漢文独特の言い回しやリズムが心地よく感じられませんでしたか。

かつて日本人はこのように声を出して、たくさんの古典を読んでいました。音が体に入っていくのと同時に、その言葉に含まれる哲学も一緒に体に吸収されていきました。これは声を出して読むからこその効用だそうです。優れた学習方法だったのですね。

古典に触れている子と触れていない子と、どのような違いがあるのかを説明するのは、とても難しいです。でもひとたび難しい問題に直面した時にこそ、その違いがはっきりするのでしょう。問題を解決しようと一生懸命に考えて努力すること、簡単には諦めない精神力、協力する仲間がいること、これらは絶対に身についているでしょう。

私はいろいろな方々と『論語』を読む機会に恵まれています。幼稚園・保育園、小学校、中学校、高等学校の授業。親子のクラス。大人向けの講座。さらにはビジネスマンや経営者の方々との勉強会。『論語』は、こんなに幅広い年齢層の方々に共通して使える教本なのです。それは普遍的な原理・原則しか述べられていないからです。どの時代の誰の人生にも、ピタリと当てはまるのです。だから時代を超えて愛されてきたのでしょう。

先人が残してくれた宝物を大事に使って、次の世代に渡していかなかったら、もったいないですね。

令和二年二月

安岡定子

〈著者紹介〉

安岡定子（やすおか・さだこ）

1960年東京都生まれ。二松學舍大学文学部中国文学科卒業。政財界の精神的指導者として知られた安岡正篤師の孫。2005年より、子ども向けの論語教室をスタート。2008年に発刊された『こども論語塾』（明治書院）がシリーズ30万部を超えるベストセラーとなり、子ども論語ブームの火付け役となる。論語教育の第一人者として、全国各地で開催している定例講座は20か所以上に及び、これまで指導してきた子どもの数は2000人以上。また、自らも母親として二人の子を育ててきた。現在は企業やビジネスマン向けセミナーにも精力的に取り組んでいる。『楽しい論語塾』（致知出版社）、『ドラえもん　はじめての論語』（小学館）『心を育てるこども論語塾』『仕事と人生に効く　成果を出す人の実践論語塾』（ともにポプラ社）など著書多数。

お腹の中の赤ちゃんに読み聞かせる

0歳からの論語

令和二年三月三十日第一刷発行

著者　安岡　定子

発行者　藤尾　秀昭

発行所　致知出版社

〒150-0001　東京都渋谷区神宮前四の二十四の九

TEL（〇三）三七九六―二一一一

印刷・製本　中央精版印刷

落丁・乱丁はお取替え致します。　（検印廃止）

©Sadako Yasuoka　2020 Printed in Japan

ISBN978-4-8009-1229-9 C8098

ホームページ　http://www.chichi.co.jp

Eメール　books@chichi.co.jp